LA REMONSTRANCE A THEOPHILE.

***

M. DC. XX.

LA REMONSTRANCE à Theophile.

Theophile à quoy penſe-tu,
N'as-tu plus rien pour la vertu;
Eſt-il poſſible que ta plume,
Pour vn ſi vil ſubiect s'alume:
Veux-tu loger dedans les Cieux
L'horreur des hommes & des Dieux
Eſt aux deſpens de nos ruines,
Dreſſer des autels aux Luynes.
Les Muſes maudiſſent le iour,
Que tu vinſt leur faire la cour,
Et d'vn vray repentir touchées
Ont leurs poitrines arrachées,
De voir que par leur Art Diuin,
Pour vn Magicien & deuin,
On employe tant d'artifices
A deſguiſer ſes malefices.
Le mont Parnaſſe de douleur
Tremble au recit de ce mal'heur,
Et de ſes deux cimes cornuës
De dueil attaint, frappe les nuës,
Pegaſe quittant ſon repos

De deſpit a tary ſes flots:
Les neufs ſœurs au lieu de tes carmes
Faute d'eau s'abreuuent de larmes.
Si quelque feint reſſouuenir
Dans les ſecrets de l'aduenir,
T'euſt porté, ta plume cognuë,
Pour prudente euſt eſté tenuë,
Et m'aſſeure que l'vniuers
N'euſt veu la honte de tes vers:
Faiſant à trois diables eſtranges
Porter l'abit meſme des Anges.
Es-tu ſan yeux de ne voir pas
Que ton honneur court au treſpas,
Denigrant la valeur des Princes
Les vrais piliers de nos Prouinces,
Pour releuer trop vitieux
Trois gœux chãgez en demy-Dieux:
Dont l'vn eſt pour mieux pouuoir plaire
Deuenu cornard volontaire.
Qu'il faict bon belle femme auoir
A celuy qui veut du pouuoir,
Pour commander à tout le monde
Deſſus les cornes ſouuent fonde,
Et baſtit ſi haut ſa maiſon,
Que le Ciel craint auec raiſon,

Que ſon ambitieuſe audaſſe
De ſes Palais gaigne la place.
Geant il eſchele les Cieux,
Braue les hommes & les Dieux,
Et lençant au Ciel ſa menaſſe
Rochers ſur rochers il entaſſe,
Tant & tant qu'il faict irriter
Les bras puiſſans de Iupiter:
Et que ſur luy laſchant ſa foudre
Son corps froiſſé ſe rende en poudre.
Ie te viens prophete nouueau
Annoncer l'aduent du tombeau,
De ton Mecene puis qu'il porte
Vn bonnet cornu de la ſorte,
Et qu'aux grandeurs eſtant monté
Par ce degré a deſpité:
Le Ciel & conuié la Terre
A le ruer bien toſt par terre.
Que l'œil Celeſte radieux
N'eſclaire iamais de ſes feux,
Ceux qui t'honorent comme maiſtre,
Que celuy iamais ne puiſſe eſtre
Tenu au rang des bien-heureux
Qui luy fait offre de ſes vœux:
Et qui baſtit à la memoire
Des autels d'vne fauſſe gloire.

TOMBEAV.

CY gist l'autheur de nos mal'heurs,
Sa mort a retranché nos pleurs,
Et cessent nos tristes ruines
Au iuste trespas de Luynes,
Le Ciel de nos cris incité
Dans l'Enfer la precipité :
Pluthon aux trauaux de Tentalle
Rend maintenant sa peine esgale.

STANCES.

IE captiue dessoubs moy
Des Roys le plus puissant Roy,
I'ay la faueur de sa couche
De Luynes le sçait bien,
Par prudence il n'en dit rien
Son bon-heur retient sa bouche.

La fortune qui luy rit
Par mon moyen le conduit
Aux plus honorables charges,
Les traits puissans de mes yeux
Contre le courroux des dieux
Luy seruent comme de targes.

Contre le gré des François

Ma beauté donne des Loix
Quand d'vne action mignarde,
Mon œil attire le cœur
De ce Monarque vainqueur
Vaincu quand il me regarde.
Ie foule aux pieds les grandeurs
Des plus ſuperbes Seigneurs
Lors que parmy les carreſſes,
Couuerte des fleurs de Lys
Ie loge au cœur de Louys
Mes plus amoureuſes treſſes.
Sous le nom feint d'vn amant
Ie prens mon contentement
Car le Ciel ne m'a fait eſtre,
Siege de tant de beautez
Pour ſubir les volontez
D'vn faquin qui fut mon maiſtre.
Pour ſi petit compagnon
Ie ſuis de trop grand maiſon,
Et ce qui me recommande
N'eſt pas meſme pour les Dieux.
Mais pour vn Roy glorieux
Qui veut ce que ie commande.
A la France i'ay fait voir
Les effets de mon pouuoir
Forçant leurs ames mutines,

A courir ce def-honneur
De venir rendre l'honneur
Aux fauts aute's de Luynes.

I'ay tant de traits & d'appas
Qu'on ne s'en estonne pas
Des puissances de mes charmes,
Compagnes de Cupidon
Tenant en main son brandon
Font teste aux plus dures armes.

Le rapt du Prince Troyen
Au pris de moy n'estoit rien,
N'en desplaise à son Heleine:
Si dans Troye i'eusse esté
Vn seul traict de ma beauté
Eust mis les Dannois en peine.

FIN.

www.ingramcontent.com/pod-product-compliance
Ingram Content Group UK Ltd.
Pitfield, Milton Keynes, MK11 3LW, UK
UKHW021151230726
13926UKWH00001B/38